蒙古国文学经典译丛

达·乌日央海诗选

[蒙古国]达·乌日央海 著
哈森 译

内蒙古人民出版社

图书在版编目(CIP)数据

达·乌日央海诗选/(蒙)达·乌日央海著;哈森译.—呼和浩特:内蒙古人民出版社,2019.6
(蒙古国文学经典译丛)
ISBN 978-7-204-15911-6

Ⅰ.①达… Ⅱ.①达… ②哈… Ⅲ.①诗集-蒙古-现代 Ⅳ.①I311.25

中国版本图书馆 CIP 数据核字(2019)第 058552 号

达·乌日央海诗选

DA·WURIYANGHAI SHIXUAN

作　　者	[蒙古国]达·乌日央海
译　　者	哈　森
责任编辑	于汇洋
封面设计	苏德佈仁
出版发行	内蒙古人民出版社
地　　址	呼和浩特市新城区中山东路 8 号波士名人国际 B 座 5 楼
印　　刷	内蒙古爱信达教育印务有限责任公司
开　　本	680mm×960mm　1/16
印　　张	9.25
字　　数	126 千
版　　次	2019 年 7 月第 1 版
印　　次	2019 年 7 月第 1 次印刷
印　　数	1-2000 册
书　　号	ISBN 978-7-204-15911-6
定　　价	30.00 元

如发现印装质量问题,请与我社联系,联系电话:(0471)3946120

序言：爱，永远活着的理由

汪剑钊

最早读到达·乌日央海的诗歌，是在哈森女士翻译的那本《蒙古国文学经典·诗歌卷》中。那些充满智慧的诗句顷刻间就擦亮了我的眼睛，令人叹服其新颖的词语组合、超常的想象力和深湛的人生体悟。它们让我对蒙古国诗歌有了新的认识，我由此感受到了一个伟大的诗歌民族内部再次涌现出来的一股活力。必须承认，对蒙古国的历史、文化、诗歌传统和语言的诗性特征，达·乌日央海无疑是熟谙的，这使他拥有一个坚实的写作起点。但是，他绝不是一个墨守成规的诗人，而是深知唯有创造才是维护传统的正道，为此，他努力尝试着传统与现代之间的对接，并取得了可喜的成效。

本书的开篇诗作《永恒之因》探讨的是一个古老而常新的命题——生与死的纠缠。诗人在诗末如是吟唱：

> 与我同在的世界上有着永远活着的理由
> 无论如何我都不会死，上苍会作证！

唯物论者相信，只有一个尘世供人类居住，大多数宗教徒则认为，生命是一个轮回，死，不过是对一具皮囊的卸除。达·乌日央海同样有着超越生死界限的愿望，与上述看法不同的是，他并不放弃现世，而是相信生命并不在生命之外而存在，我活着，世界就是不朽的。如此，他便在看似速朽的生活中找到了一种不朽的可能性。这是一种主客观的统一，对世界的重新打量，在意识中还原我的存在感，其中，爱就是生命的原动力。全诗共七节，前六节以“只要”领起，倾诉了对自然之物和日常生活的赞美与爱，用一个“爱”字道出了生命的本质，在末句的复沓中强调了博爱的理由：“有爱，我在活着！”

在一首短诗里，达・乌日央海声称“断落的叶子是‘死亡的叶子’”，通过树叶的飘落再一次发表了关于死亡的喟叹。不过，他在喟叹中赋予死亡以积极的意义，那就是强调“积善”为抒情主人公赢得了登临天堂的机缘，将前述的“爱”落实到了一个伦理学的基座上。阅读该诗，读者可以发现，叶子在“原野的旋风”中飞旋，又在“天空的怀里点亮”，仿佛是“飞禽的灵魂”在空中诉说，但将“肉身”委托给了大地，因此，也就可以领悟，在尘世间各种短暂的生命之上，实际还有一个至高无上的存在，一个将碎片的、断裂的生命聚合起来的大生命。

蒙古民族早期信奉萨满教，这与先民们集体无意识流传下来的自然崇拜密切相关。在他们的心目中，“苍天”是至高无上的，它浩瀚无边，时而星光闪烁，时而雷电大作，时而澄碧无云，时而彤云密布，透显着无限的神秘，因此代表着永恒，故谓“长生天”。这样，他们也为部落首领们的权力找到了合法性，因为尘世间的各种权力均由“长生天”所授予，与此同时，这些首领们也代表着神祇来庇护自己的子民，学会与自然和谐相处。达・乌日央海的诗歌同样飘荡着来自长生天的影子，它们的明亮和幽暗、幸福与痛苦、世相与梦幻、否定与肯定，都闪烁着某种神秘主义的折光。这种特征令人想起波德莱尔的《契合》：“自然是一庙堂，圆柱皆有灵性/从中发出隐隐约约说话的音响……如同无限的物在弥漫，在扩展/琥珀、麝香、安息香、乳香共竞芳菲/歌唱着心灵的欢欣，感觉的陶醉。”这首诗告诉我们，在人的身体里存在着与自然相契合的感官，在我们理性的水面下潜伏着一座非理性的冰山。它们以非逻辑、意外的方式存在，相互之间有着秘密的通道。或许正是看到了这一点，达·乌日央海希冀最终完成“唯一的一首”诗：

唯一的一首，只写一首！
绝对的真，像是到了明日拂晓一样的真
有着伸向大地的根须之力量，有着正午的太阳之热烈
只有我能写的，其他谁也不敢触及
唯一的一首，只写下一首，头枕我的石头……

从短短的五行句子中，我们感受到类似20世纪的诗哲瓦雷里所追求的“纯诗”的意味。确实，纯诗可能是一个达不到的目标，但我们可以无限地逼近，在不完满中去成就完满。这种认识不仅是生态的，更是人道主义的。

记得高尔基在评价叶赛宁时曾经说过，诗人就像大自然为表达绵绵不绝的哀愁而制作的一个器官。它透露了诗歌写作的一部分真相。人是自然的造物，与自然一直保持着若即若离的关系，一方面，他依赖后者的存在而存在，从山川草木、飞禽走兽中获取维持生命的资料与营养；另一方面，这种依赖又越出了界限，构成了一定程度的剥夺和破坏，其贪婪的本性打破了生态的平衡，遂在各种天灾中加入了不少人祸的因素。对此，达·乌日央海无疑有着深刻的体验，他有不少关于自然的诗歌贯穿着一种哀歌的调子，《致所有……换句话说……致全人类》堪称是其中的一首代表作品：

我的可怜的地球，旋转着
勉强被轴心支撑着的地球
像是扶不起倒在枕头上的脑袋的
病人一样

筋疲力尽到令人心疼
鸣呼，哀哉

诗人在现实中看到人类对自然无止境的索取所引发的灾难性后果，水土的流失，环境的恶化，以至于让泪水“都不再向外迸发/而是变得向内干涸”。我们所居住的地球如同一个婴儿，又像一个“被钉在枕头上的病人”。人们不听上苍和佛祖的警示，犯傻做了一系列的错事，实际给自己掘了一个坟墓。为此，达·乌日央海呼吁“给我和小鸟”“给驼羔、马驹、羊羔”，还有世界上那些看似卑微的生物一块栖身的土地，一点活命的清水：

若是可以，给苍蝇、飞虫、土蜂、蜜蜂
若是可以，给蚂蚱、蝈蝈、青蛙、蝴蝶
若是可以，给蛆虫、蛇、蜥蜴、鼠兔
若是可以，给松鼠、豹子、猞猁、盘羊
若是可以，给狐狸、狼、黄羊、旱獭、豆鼠
……
若是可以，给它们……它们……给所有的它们
将一片巴掌大的完整的土地
将一口干净的水

诗人主张“以其最初形成的样子留给它们”。显然，这种对物质形态的还原是基于重建一个纯净、简朴的精神空间的愿景。保护生物和动物，实际就是保护我们人类自己，这是来自生活的洞察和参悟，表达了现代化困境中人的自救意识。或许正是从这种意识出发，达·乌日央海在《狗的凄苦》中写出了对弱者的怜悯与同情：

风儿寂静……
只有在心灵的花瓣上
狗的惨叫声在缠绕
周遭
宁静安详……

是的，一只瘸腿的狗是羸弱的、缺乏谋生能力的，就像散落在田垄、街角的野花和闲草，它们都需要人们的关心与爱护。否则，人们将流淌出“干泪”，一个恐怖的前景，它不仅会灼伤我们的眼神，更可能焚毁我们的心脏与灵魂，世界将沦陷于死亡的沉默。

作为一种抒情的文体，诗歌似乎尤其适合于爱情的书写。古往今来，无数优秀的诗人留下了无数瑰丽的诗篇，堪称建立了一座爱情诗的大厦。达·乌日央海自不例外，他的爱情诗多情而隽永，缠绵而真挚，善于使用比喻和意象，在火热的表白中阐述了美与善相互交融的意愿，这使得每一个词、每一行诗句都带有其特别的体温。《我梦见过你》假借梦境的陈述表达了不同于常人的思念之情：“像是湖水的波澜拥抱黄鸭/你拥抱着我”，“像是夏日的彩虹拥抱山峦/你拥抱着我”，“像是皓月当空时泉水清澈/你用小兔易惊慌的眼睛望着我”，前两节的“热叶般的手心”对脸庞的抚摸和“美如花朵般的身子”在“我”怀中的依偎，用语十分新颖而贴切，过渡也自然到不着痕迹。第三节的“小兔”一词将抒情对象的娇媚、温婉、羞怯传神地刻画了出来，顺势带出了“月牙般的嘴唇”对自己的耳语，把“我想你”像一丝呼吸似的轻轻吐出。这样的爱情真的如作者的另一首诗所称“像是鸽子在飞”。它们若有若无，说过了，那是因为爱情有永恒的传承；又像是没说过，缘于爱情的表达总有新鲜的芬芳，仿佛春雪落进草原的怀抱，珍贵犹如天堂的声音，却又是人间的至情话语。

在文学的各种体裁中，诗歌大约是最需要语言炼金术的一种文体。诗人丰沛的情感需要精妙的形式承载，它不断地提供想象的材料，让人们相信词语可以帮助我们战胜时间的侵蚀，从庸常的现实中突围，来到一个艺术化的新空间。俄国形式主义理论家认为：“文学的价值就在于让人们通过阅读恢复对生活的感觉，在这一感觉的过程中产生审美快感。审美感觉的过程越长，文学作品的艺术感染力就越强，陌生化手段的实质就是要设法增加对艺术形式感受的难度，拉长审美欣赏的时间，从而达到延长审美过程的目的。”难度的增加实际就有赖于诗人在艺术技巧上的钻研和发挥。诗歌给予人最重要的不是认识，不是新闻式的传达，而是感受和体悟，那是多重信息的辐射性释放。创作于 1981 年的一首《无题》是典型的意象派诗歌，全诗共五句：

雪在飘洒

白色的天空中
两只乌鸦悄无声息

像是黑色的花朵一样
摇曳

在下雪的天空出现了两只乌鸦，本身就是奇异的景象，但更神奇的是，诗人将乌鸦比喻成“黑色的花朵”，由此传递着一种孤独、脆弱和阴郁的情绪，世界仿佛被两种颜色所切割，在黑白中走向了末日。需要指出的是，这里，花朵的比喻是一个神来之笔，在鸟的形象中叠加了更多的意味，在静与动之间唤起了读者特定场合的审美经验。

迄今为止，隐喻仍然是现代诗极为得力的助手之一，它在物理现实与精神现实之间，创造了一个第三现实，也就是语言现实，像一条渡船或一座桥梁，将人们的想象力运载到了他们向往的目的地。作为一名现代诗人，达·乌日央海也是一名娴熟于隐喻的高手，他在《人生》一诗中，便将全诗通篇建立在隐喻之上：

星辰散落的苍茫光辉
逃离天宇，留恋大地而滴落时
耀照的隔年花朵，早已干枯
在倒立的地球
密不透亮的漆黑山谷里
我划掉所有的火柴……

除了隐喻的使用，达·乌日央海的造像能力也极其出色，善于在人们的审美期待之外，创造新的战果，例如在《太阳被遮挡的瞬间》中，他作了这样的描写：

乌鸦在飞旋……
太阳的部落展开翅膀
翅膀遮挡了太阳
闪耀得比金子还亮

乌鸦闪耀得比金子更加明亮，这是诗人独到的发现，尽管其原因是翅膀阻挡了阳光的照射，但它给了审美迟钝的人们一个强烈的刺激，打破了惯常所认定的黑色或灰暗。应该说，这双发现“美”的眼睛因此制造了接近于形式主义理论所推崇的“陌生化”效果。所谓“陌生化”，就是“将对象从其正常的感觉领域移出，通过施展创造性手段，重新构造对对象的感觉，从而扩大认知的难度和广度，不断给读者以新鲜感的创作方式”。可以说，在这部诗集中，读者似乎随处即可触碰到达·乌日央海独具个性的遣词造句，其中“花蕾似的地球”“熄灭的余烬像是尸体的眼睛一样无神”“森林的寂静抖落了叶子”“自眼泪，溢出奶水”“心像是丢了翅膀一样伤感”“我的身子像梭梭树一样枯萎”“只有青草的根听得见”“光阴像是无腿的人”“昨夜在梦里打架的两只秃鼻乌鸦/变成一对恩爱的黄鸭”，诸如此类的诗句，突破了人们习见的组词方式，而以突兀又合情理的方式传达了新的诗意，令人不得不赞叹其想象力的尖锐，以及它们与所表达之主题的契合。

在古希腊的悲剧中，作者通常会在主要戏剧人物之外再设置一个歌队，作为“画外音”补充和说明戏剧的主题，有时甚至代表先知宣读神祇的告谕，指示人类的命运。从功能上说，它们为戏剧增添了很强的抒情成分。后来，随着叙事文学的发展和繁荣，特别是全知视角的流行，歌队逐渐“退场”，乃至隐匿或直接蜕变为抒情诗的一种，与此同时，那种寓丰富于机巧的对话性也随之消失。19 世纪的英国诗人勃朗宁借鉴古希腊的悲剧，成功地在作品中加入了戏剧独白的元素，由此创造了自己独有的风格，成为维多利亚时代最具现代探索精神、最具影响力的诗人。因为篇幅的原因，现代诗不可能再有这样的设置，但运用标点的功能，以括号的方式发出另一个声音，却是少数诗人摸索出的又一种可能。在某种意义上，这有点类似于巴赫金所说的“复调”。“复调”原本是一个音乐术语，它指的是两条（或两条以上）各自独立的旋律线，在一个曲子中进行有机的结合，它们相互之间协调地流动，由此构成了多声部的音乐。

达·乌日央海在诗中以括号标示的句子或短语，所起的作用大体与复调相似，让诗歌发出了两个声音，甚至是两个以上的声音，形成了迷人的丰富性。在《我的生活，是鸟儿》中，第二节和第三节的末尾，将“人们从不相信……”置放在括号内，一方面说明诗歌的命题是一个隐喻，不是物理性的现实，具有一定的创造和虚构；另一方面，诗人也藉此表明了自己的个性，在人们不相信的地方去开掘，在人们止步的地方出发，从而找到“真理的‘黑匣子’”。在《飞翔的鸟……鸟非鸟……》一诗中，我们再次看到了这一手法的运用，在第二节中描写鸟的飞翔与抒情主人公心跳的频率时，以第三者的口吻告诉读者“应该说是在‘细数’”，在第三节中叙述鸟飞行的距离与人的生命时，插入一句“可以说是尺量其‘长与短’”。将括号的“歌队”功能发挥得最明显的是《失望……宽慰……》的前半段：

念（抛我而去的人）又何用？
不会起身（从她去爱的人怀里）回到我身边！
想（爱已尽的人）又何用？
不会离开（楼阁里的幸福）念我而来！……
山麓上开满了七彩斑斓的花朵！
（红的……粉的……白的……蓝的各色的花！）

在六行诗句中，出现了五个被括号标示的短语，它们起着鲜明的提示作用。一个“我”在铺叙、陈述，感叹失恋的不幸、痛苦与失望，另一个“我”则进行补充、说明，以渲染忧伤的气氛，并铺垫下文对新的恋情的希望，呼应标题的“失望”与“宽慰”，在两种情绪中进行不动声色的过渡。

前述讨论的只是我通过粗浅的阅读而随手从诗集中拈来的少数作品。诚然，它们肯定不能含括达·乌日央海诗歌的全部主题、指向和艺术展示的手法、技能。其实，他的诗值得言说的东西还有很多，例如，英雄主义、箴言式写作、音乐性和悖论性修辞、反讽等。本文只是一篇随感，置于书前，权充抛砖之用，倘若读者诸君愿意循此进入正文，其珠玉之光定可照彻阅读的全程。

目录

contents

目录

contents

目录
contents

目录

contents

目录

contents

达·乌日央海

达·乌日央海，国际艺术文化院常务委员，蒙古国哲学主席团成员，文学博士，著名诗人、剧作家。1941年生于布尔干省。毕业于苏联经济学院、莫斯科高尔基文学院。

曾任蒙古人民共和国部长理事会国家计划委员会经济顾问、国家计划委员会主任助理，蒙古人民共和国作家协会外联部及翻译局局长，蒙古人民共和国文化部《文化瑰宝》《民族文化之路》杂志责任秘书长和主任，蒙古人民共和国知识产权局科学、文学、新闻作品评定专家。

著有《内燃动力》《关于祖国的畅想》《致人们》《冬天的鸟》《相逢，诀别》《凭窗而见的人》等诗歌、小说、剧本等27部作品。曾获蒙古国作家协会奖，曾多次参加蒙古国“水晶杯”诗歌大赛并夺冠，2017年获得“亚洲文学奖”。

永恒之因

只要晴朗的天空有鸟儿鸣唱，我就活着
我对那只鸟爱得不得了！
只要远方的山麓有森林呼啸，我就活着
我对那个声音爱得不得了！
有爱，我在活着！

只要原野上有人策马驰骋，我就活着
我对那个身影爱得不得了！
只要河畔有几只马驹嬉戏，我就活着
我对那个动物爱得不得了！
有爱，我在活着！

只要冬季营盘闻见秋天余下的草香，我就活着
我对那个味道爱得不得了！
只要冬季风暴中顺风而去的畜群安然无恙，我就活着
我对那样的喜悦爱得不得了！
有爱，我在活着！

只要蒙古包的套脑[1]发出火焰的金光，我就活着
我对那种生活爱得不得了！
只要矮矮的山头望得见长路迢迢，我就活着
我对那份寂静爱得不得了
有爱，我在活着！

只要春天的夜晚室外有细雨霏霏，我就活着
我对那般细语爱得不得了！
只要目光隐忍的爱人依偎在我的胸膛，我就活着
我对那般气息爱得不得了！
有爱，我在活着！

只要人们用音韵优美的蒙古语说着话，我就活着
我对那个语言爱得不得了！
只要世界不能缺少永远圣洁的蒙古，我就活着
我对那片土地爱得不得了！
有爱，我在活着！

与我同在的世界上有着永远活着的理由
无论如何我都不会死，上苍会作证！

创作时间：2008 年

---

① 套脑：蒙古语，蒙古包的天窗。

树木

叶子的喧嚣是你的话语吗？还是风的话语？
撩动秋日怅惘的寂静，是你的宁静吗？
还是了无踪影的鸟儿留下的空隙？
秋日驼羔绒毛般的颜色
是你的颜色吗？还是生锈的雨之颜色？
你像个深谙痛苦的智者默默不语

耳朵听不到沉默的话语
只有我的眼睛和心听得见
与你对话比较艰难
越是无法交流我越是渴盼
想问你所有的一切
问了你也默不作声
像个孩子，又像什么都不懂的傻瓜
又似洞悉一切的先知
用提问回答着我的提问

创作时间：不详

最后的诗篇：不曾遗忘

任凭什么，也没有最后的
就开始了
任凭什么，也不曾被什么遗忘
而被梦见

河流不曾遗忘
遗弃的岸
涨满了

叶子不曾遗忘
断落的树枝
生长着

未来不曾遗忘
过去的瞬间
轮回着

心灵不曾遗忘
诀别的境遇
思念着！

话语不曾遗忘
找寻着
任凭什么，也不会遗忘什么
孤独着
任凭什么，不会被什么遗忘
延续着

创作时间：2007 年 9 月 27 日
（2009 年 8 月 1 日修改）

醒

布谷鸟声隐去时
世界像是死了一般
我惊讶，自己还活着！

树叶声隐去时
仿佛天已停止了呼吸
我疑惑，自己还活着！

从寂静隐去的声音
从声音隐去的寂静
如同以我终止的延续！

创作时间：2010 年

人　生

星辰散落的苍茫光辉
逃离天宇，留恋大地而滴落时
耀照的隔年花朵，早已干枯
在倒立的地球
密不透亮的漆黑山谷里
我划掉所有的火柴……

创作时间：2006 年 10 月 18 日
（2006 年 11 月 20 日修改）

孤独之雨

心里下着蒙蒙细雨
山外有七色彩虹……

远方的山头猖獗的
那种彩虹

但愿它属于我心里欲哭的
蒙蒙细雨……

创作时间：2006 年 10 月 1 日

面对微笑一样陈旧的人生……

面对微笑一样陈旧的人生
像眼泪一样温热
像明天一样切近
像必来的死亡
不可重复的真

面对泪水一样陈旧的人生
像思念一样明亮
将爱赐予不爱的人
得到不知在何方的佛陀之福寿
即便有忘不掉的伤心
也要善良地忍住哭泣

面对伤心一样陈旧的人生
定要像看不见的佛陀一样显现
再也不会放弃
今天一样寂寞的日子
爆发

像昨天一样
像前天一样
毫无意义折磨人的漫长日子里
再也不会活着留下来
叛逆
然后再也不会
为了写这样愚蠢的诗句
再次诞生

像微笑一样陈旧
像泪水一样陈旧
像伤心一样陈旧
像是看不见的佛陀一样
人生里
像“没有的东西”
永远崭新！
永远有别于
“有的”一切！

创作时间：2004 年

致我的祖国

像是蛇的蜷曲并不是跟人学的
像是狗的吠叫并不是跟人学的
像是蓝莓花结种落地并不是跟人学的
像是宇宙的尘埃形成世界后散去并不是跟人学的
我并没有跟谁学习怎样去热爱我的祖国！

像是盲鼠挖洞并不是跟人学的
像是野马在沙漠疾步并不是跟人学的
像是佛灯冉冉向上并不是跟人学的
像是光穿越宇宙并不是跟人学的
我并没有跟谁学习怎样去热爱我的祖国！

像是罪恶的蜘蛛气急败坏时会自杀
对总是惹事的子孙起了怒火
忘了自己语言的魔法，爆出粗口
不听他们如何自辩，一心想
把它们晒死在蜘蛛网上才可解恨
像是回到鸟巢的褐腿雄鹰
为了保护稚鹰从高空如箭飞来
就算自己消殒，也会珍爱孩子

对你的爱，不是向谁学习的一样
我用生命热爱你
也是不必让谁来教我的，我的祖国！……

创作时间：1999 年 10 月 12 日（2000 年 1 月 8 日修改、2002 年 1 月 24 日修改、2006 年 12 月 25 日修改）

秋天饮马

孤鸟在湿地上空徘徊……
不知为何……
像是乌龟爬行一般缓慢……
不知为何，我的马
忘了饮水
若有所思地干嚼着嚼子
忧伤地望着山峰……

孤鸟在湿地上空徘徊……
孤鸟孤独地在湿地上空徘徊
像是把翅膀遗落在地上，真是可怜
像是整天在找寻
让人心疼，想与它一起飞……

松了马肚带，我吹起口哨……
我的马
像是在寻找
从湿地的激流中闻着鸟儿倒影的
我内心的坠绳一般
它温热的唇蹭着我的掌心

凝视着我的眼
仿佛在追问我的罪孽
轻轻地……像是哭泣一般
轻轻嘶鸣
如同忽然雷声阵阵
在我心灵的森林沉沉回响……

创作时间：1979 年（2002 年修改）

无　题

雪在飘洒

白色的天空中
两只乌鸦悄无声息

像是黑色的花朵一样
摇曳

创作时间：1981 年

一生死过多回……

秋天，树木发黄时我会死一回
仅此一回的人生中死去多次
对我而言多么可怕
春天，闻着清新的草香
老牛无力倒下时我会死一回
暴风狂啸
小树被连根拔起时
我会死一回
睡意蒙眬的蒙古大地的远方
太平洋上每当有船只沉没时
不曾谋面的某人在某个地方
停止心跳时
名字不曾铭刻于地图
加无被加数，减无被减数的
小小的一个岛屿地震时
哪怕
旷野的寂静
被猎枪声惊动时
我会死一回
仅此一回的人生中死亡多次

对我来说真是残酷
比这个还要可怕的是
与那些一生只死一回的人们
每天生活在一起

创作时间：2005 年

独　自

夜晚……风也寂静！
门就是没上锁也无人来敲门……
悲伤的……屋子里只听见苍蝇在飞
熄灭的余烬像是尸体的眼睛一样无神！
繁星在闪烁，多遥远啊！……

快开吧门，即刻开吧！
无处安身的任凭谁来敲门都好！
虽说欣喜不会随愿
哪怕是风也好，开门吧，开门吧！

不啊！……风也是寂静的！
门就是没上锁也无人来敲门！
熄灭的余烬像是尸体的眼睛一样无神
悲伤的……屋子里只听见苍蝇在飞！
繁星在闪烁，多遥远啊！……

创作时间：不详

我的生活，是鸟儿

我的生活，是鸟儿
我用手掌做翅膀
我用心灵做眼睛
我在天空中飞翔过多次
我在大地上也飞翔过多次

当我在天空中飞翔
五洲四海细雨霏霏
青草庄稼茁壮生长
当我在大地上飞翔
被远古的尘土尘封的
真理的“黑匣子”
被我的翅膀揭开秘密
(人们从不相信……)

我的生活，是鸟儿
我用手掌做翅膀
我用心灵做眼睛
我在天上走过多次
我在地上走过多次

间隔此岸和彼岸的
无比深渊的黑暗里
昼夜不停飞梭着
揪扯着羽毛！
我揪扯下的羽毛纷纷扬扬
世界便有了白昼
(人们从不相信……)

创作时间：2014 年

犹　豫

背过去的眼睛里
兴许有太阳照射
被击毙的狼
也许同鸟儿飞翔
灌木丛上
饥饿的蚂蚁奔跑时
沉睡的海底
兴许在地震
所有事物的真
也许是假的
死去的人
听不到话
兴许是假的
尘世无法逃脱
因果的绳子
也许是假的
火炬似的太阳
烘干地球
兴许是假的
花蕾似的地球
围绕着太阳

也许是假的
所有事物的对
也许是假的

创作时间：2003 年 3 月 15 日
（2006 年 11 月 20 日修改）

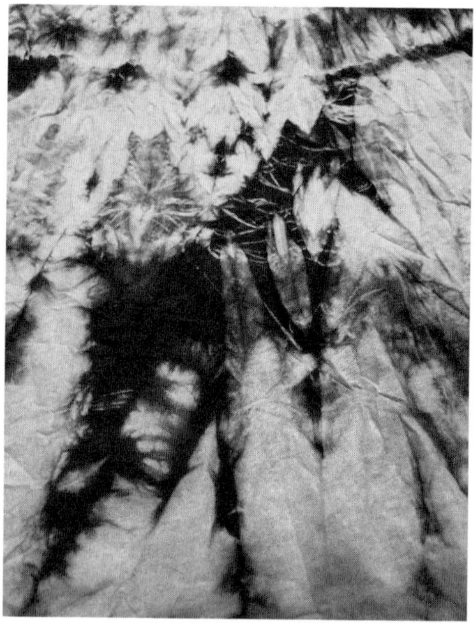

（阿茹罕作品）

对 联

哎呀，死亡要来就像荣誉一样来得晚些吧！
荣誉要来就像死亡一样永远永远到来吧！

山崖和山，若要形成就由下而上形成
灾难和隐患，若要发生就会由内而生

对立马被点燃的恶意要像水一样熄灭后
再喘息吧！
对差点要停息的善念要像火一样点燃后
再喘息吧！

不加一，就无法升为大
不减一，就不能算作小

创作时间：不详

布谷鸟叫了几声的树上……

阳坡的树上
布谷鸟叫了几声又飞去
心怀远古的信仰走过去
祈求长命百岁
磕头的
那棵参天大树上
今天有乌鸦在叫！
……
乌鸦
为何叫得如此之久！
然而
我又是期待什么声音的呢？
忘矣！
……

创作时间：2006 年 7 月 25 日
（2006 年 9 月 24 日修改）

光阴“旋风”里的海鸥

光阴“旋风”里的海鸥
劲头十足地在飞梭
快要把大山挡住！
海鸥们一直在飞
雪一样白茫茫的
海鸥的叫声
如同金属的交响
又似诸佛的佛冠
闪着耀眼的光芒

头顶上……从身旁……
飞梭而过……
挥手也看不见！
呼唤也听不到！
海鸥之旋风
强劲得快要把太阳遮挡！
海鸥们一直在飞
四面八方如雪茫茫
恐怖得心脏快要停止跳动！
全都是纸做的海鸥！

时常不懂事
永远像孩子一样
继续，一如既往
继续飞梭的
纸海鸥的“风暴”中
拥抱着微笑！
只能在它的影子下等候！
除非光阴之“旋风”停息
只能靠边儿走过！

创作时间：1996 年 9 月 16—17 日
（2002 年 9 月 24—25 日修改）

诀别……

跟你的蒙古包一道
你的影子
消失在我的视线里
忽然，无法猜测你的心
路却在延伸……
像是得到了缘分
仿佛一切，正在开始……

创作时间：不详

瞬间：之一

天是空空的！布谷鸟已回还
那边岩崖上，孤独的森林上空
有两个影子在回旋
两只乌鸦

森林的寂静抖落了叶子
草尖上草蜢嗤嗤地跳
原来是蚂蚁搬走了
丧命的那只草蜢的一个翅膀

创作时间：2007 年 3 月 14 日
（2010 年 10 月 23 日修改）

冬天：两只乌鸦

一

大雪飘飘的河湾
两只乌鸦在扑闪着翅膀
像是在天，又像是在地

二

驱赶着雪的羊群中
两只乌鸦在频频低头，频频弯腰
像是白的，又像是黑的

创作时间：2007 年 3 月 2 日
（2010 年 10 月 27 日修改）

梦——

额吉总是在点亮祖鲁[1]
满怀是光！……醒了！……
房间里漆黑一片！

创作时间：2007 年 3 月 6 日
（2011 年 2 月 17 日修改）

① 祖鲁：蒙古语，佛前的酥油灯。

必然……

如果世上的女人
只有你一个
就算全世界的男人都来抢夺你
必然，相恋的只有你和我

注定是相爱的缘

创作时间：1989 年 11 月 20 日
（1996 年 11 月 20 日修改）

雪……土……我……

雪
天的白色的眼泪
土
天的红色的眼泪
它们
都是向外流淌的泪水
而我
是即便看不见却在调色的
天
未找到颜色的
向内流淌的
泪！

创作时间：2003 年 2 月 27 日

飞翔的鸟……鸟非鸟……

一

飞翔的鸟
不是飞向哪里
不是飞到了哪里
飞去只是在重复着飞来的路
飞回只是在赶来时未走的路

二

飞翔的鸟
不去任何地方
即便消失在视线里
也不去哪儿
只是
在我的眼里扑闪着翅膀
来测量我心跳的
快与慢!
(应该说是在“细数”!)

三

飞翔的鸟
不飞向哪里
不知飞往哪里
只是
徘徊在我的心里
细数着我话语的本真年岁！
（可以说是尺量其“长与短”）

四

那边的天空蓝蓝的
那边
没有任何蓝色的东西
除了空，其余的都在
就是空不在
抑或，像是找不到似的
那里
什么都碰不到
却……

五

却
我去往那里
不看路想着事儿，向那方
飞鸟似的跌进去

然而
我是非鸟之鸟
从阒然的纪元
飞向这边
复而
又从这里飞向那里
辗转反复
长了轮子一样翅膀的
鸟非鸟

六

无法解释“是”或“不是”
信息传递真是艰难
奇异的梦境，白昼也会继续
可惜
那梦无法用语言去解释
那里
不同于这里
最容易理解的，到了最后才被理解
最近的，到了最后才抵达
最远的，被踩在脚底
解密人的“历史之谜”
以致我羞愧得要死

创作时间：2006年2月15日（2006年5月20日修改、2006年6月11日修改、2006年9月25日修改）

鲜红的玫瑰

我至死守护着你
我至死守护你的原因
你是风儿最先亲吻的
唯一的鲜红的玫瑰

我至死热爱着你
我至死热爱你的原因
你是让太阳认出尘世模样的
唯一的鲜红的玫瑰

创作时间：2000 年 1 月 18 日

幻……

划火柴……
黑暗
变成白白的蛇
滑行
与墙壁融为一体……
桌子……酒杯……
玻璃鼎……
不时眨眼……
水晶杯口，有着光都会滑倒的
酒水的余滴
有着彩虹尾的两条鱼
在你追我赶……
火柴灭了……
墙壁
变成白白的蛇
滑行
融进黑暗……
桌子……酒杯……
玻璃鼎
相吻声悦耳

黑暗仿佛滑倒在
水晶杯里剩余的酒滴上
彩虹尾的两条鱼
被烟头烫伤
鱼刺和鱼鳞
被燎得呲呲作响……
香烟燃尽……
桌子……酒杯……
玻璃鼎……
变成黑黑的蛇
滑行
融入黑暗……
墙壁散发出无言的寂静
无形的影子
步步临近，无比清晰
黑暗的光芒中
自己……桌子……床……空空的
玻璃鼎的灰烬里
死去的海鸥群
沉沉，浮浮，流动，静止地飞着
与墙壁融为一体，静止凝固……

创作时间：1980 年 2 月 11 日
（2002 年 10 月 4 日修改）

唯一的一首

唯一的一首，只写一首！
绝对的真，像是到了明日拂晓一样的真
有着伸向大地的根须之力量，有着正午的太阳之热烈
只有我能写的，其他谁也不敢触及
唯一的一首，只写下一首，头枕我的石头……

创作时间：1970 年

山巅望远

自清晨开始攀登，勉强
登上山顶！
第一次，从遥远的高峰
向低处望去……
生活在那里
像是在深渊里的黑影
影影绰绰
什么也看不清……
“有没有人?”寻觅一番
可怜的，什么都没看到
一个人也没有……

清晨开始攀登
遥远的山峰之巅
再次向低处望去
再是仔细寻觅
也没找见谁……
哎呀！一个也没找到……
然而，脚下奔跑的蚂蚁
异常清晰

清晰得可怕！

冷……
忧伤钻进了胸膛
我们人类啊！
为何这般渺小?!

创作时间：2006年7月22日
（2006年9月6—29日修改）

狗的凄苦

野外，石碓的背风处
瘸腿的狗惨叫着
舔着腿……
风儿寂静……
只有在心灵的花瓣上
狗的惨叫声在缠绕
周遭
宁静安详……

创作时间：2006 年 10 月 21 日

之间的无限

世界再是辽阔
也在两极之间
日子再是短暂
也在昼夜之间

生命再是宝贵
也在生和死之间
生灵再是万千
也在一和零之间

云朵再是黑暗
也在升腾和消散之间
真再是明亮
也在忘却和思想之间

根子再是隐秘
也在光和黑暗之间
死亡再是明显
也在有和无之间……

创作时间：1999 年 7 月 15 日

夜晚的笛声

拂晓了……
揩拭一夜未合的眼睛
掌心湿漉漉的……
对我而言，仿佛在某个地方
昨日在继续……
白昼早已结束
夜晚已经开始
那个韵律
依然没有结束……
在我的某一处
峡谷夜晚一样的黑暗中
看不见的笛子的旋律
传来轻轻哭泣的声音……
天色渐亮……
夜晚的笛子，看不见
依然在哭泣……

创作时间：2006 年 10 月 21 日

死后兴许特别……

死后，兴许会
特别特别不错
将这喧闹的
冰冷的
像是人生一样绝对的一段时间
比活着时延续得更好
抑或
比活着时
更加珍爱众生
……甚至对虫子也万般体恤
常常被佛陀赞许
死后，兴许会
特别特别不错

创作时间：2006年6月9日

干　泪

开口就会结束的可怕寂静中
用佛陀都吃惊的声音说出第一句
向外说出的
——干泪
连呼吸都会听得见的寂静与安宁中
将胸中燃烧的凄苦
连情人都听不到的小声
向内悲戚的
——干泪
无论是畜生还是人，不管谁看见
都会因恐惧而紧闭双眼的
黑暗中
让人难以置信
烧灼眼神的
——干泪

创作时间：1997 年 6 月 28 日

对立—合一

山——称作云吧！
水——称作叶子吧！
盐巴——称作雪吧！
大海——称作土吧！
佛陀——称作风吧！
尘世——称作回声吧！
空——称作光吧！
死亡——称作鸟吧！
真——称作幻景吧！
无——称作生活吧！
有——称作梦吧！
我——称作你吧！
你——称作我吧！

创作时间：2010 年 8 月 15—16 日

燃烧熄灭……燃烧圆满……

燃烧熄灭……燃烧圆满的……
金黄的……红红的……
火热的，我的太阳
以伤痛、以喜悦
以幸福、以快乐
与我一样
我的双胞胎兄弟
与我同腹的种子
与我同枝的果子
与我出自一手的作品
你和我
如此一样地整理着时光
如此一样地打弯了时光
对于你我来说，悲伤的
只有一样不同
明天我将燃烧殆尽
你在后天
你和我
燃烧中形成后
燃烧中毁灭

急着相继发光的
同腹之双胞
同枝的果子
一手之成果
燃烧着毁灭
燃烧着形成

创作时间：2007 年 10 月 13 日
（2010 年 10 月 10 日修改、2011 年 1 月 29 日修改）

眼泪的创造

自眼泪，太阳升起！
自眼泪，天色渐亮！
自眼泪，云层汇集！
自眼泪，细雨飘洒！
自眼泪，天空宽阔！
自眼泪，雏鸟丰羽！
自眼泪，产生泥土！
自眼泪，大地生长！
自眼泪，树木生根！
自眼泪，果子成熟！
自眼泪，猛兽驯服！
自眼泪，溢出奶水！
自眼泪，话语永恒！
自眼泪，诗歌复活！
自眼泪，真理显现！
自眼泪，历史开始！
自眼泪，佛陀诞生！
自眼泪，死亡畏惧！

创作时间：2010 年 7 月 28—29 日
（2017 年 7 月 28 日修改、2017 年 9 月 2 日修改）

什么都留不住的天空……

什么都留不住的天空
无论是什么，所有的东西
都与我“绝缘”——与我同于形
非我——而是我的
存在
流动的——静止的
静止的——流动的
我自己任何时候都看不到
非己所能见——看不见
我的
什么都不会掉下来的天空
无论是什么，所有的东西
“绝缘”于其形——伙同与我的
非我之“我”的
我即是存在
幻灭的——缘起的
缘起的——幻灭的
自己也永远无法预测的“自我”
不成形的我
什么都留不住的

什么都掉不下来的天空
无论是什么，所有的东西
是我的——“非我”之我的
与它物非绝缘的
与它物非合一的……

创作时间：1992 年 11 月 12 日（1996 年 2 月 19 日修改、
2002 年 10 月 6 日修改、2017 年修改）

也不是梦……也不是真……

雪一样的热血
——朝着我的江河的波澜
散开鲜红的玫瑰流淌着
像是鼓掌，像是道贺
宣泄，叫嚣，像是反抗
也不特别，也不平常
什么都显现不出的沉淀中
无法了解到任何事物

雪一样的热血
——在我的江河的波澜里
流淌着血红的玫瑰，使之疼痛
我的心脏却从未停止跳动
我不曾死！……却像
喝了酒一样醉了！

可笑的是
心像是丢了翅膀一样伤感
即便如此
也不知其间的原因

仿佛不像是梦
也不太像是真，只是
像远方的山峦一样寂静，只是
像谁家的院子里有闲狗的狂吠，只是
毫无印记的彼岸
无限的光，迅速救赎

即使如此
仿佛不像是梦
也不太像是真，然后
忘了就不会被想起
想念就不会被遗忘

我喜欢的
明明知道却偏偏选择的
不肯放手、不肯远离的
地面上短暂的……平凡的……
然而
就算是一个瞬间也想延长的
……想让它持久的
永恒的美好生活

创作时间：2007 年 11 月 21 日
（2011 年 1 月 29 日修改）

奇妙的结构

我的心像沙子一样散开
雪一样纷飞
我的身子像梭梭树一样枯萎
谷子一样生长

是啊
我的身子像季节一样更替
是啊
我的心像是风一样哭泣

两者一模一样，何其相似
像是双胞胎
被天空拥抱着
被太阳亲吻着

人们，像猴子
被风暴击打
被狂风刺骨
像是岩石一样坚固
像是冰川一样融化

变成山脉
草原会上升
变成江河
道路会下沉!

扭曲
径直
卷曲
空间化
奇妙的因子体
奇妙的气流体
奇妙的结构……

是啊!
让我学会飞得比鸟还要迅疾
让我跟碾子下粉碎的米一起学会粉碎
让我的心像高山巅峰上屹立的国家旗帜

学会比面粉还柔软
绽放得比白雪还白
是啊!
让我爬得比时间还慢
是啊!
让我思考得比爱因斯坦还远
让我得到了
从地底下也能撑起太阳的魔力……

奇妙的躯体
奇妙的心
奇妙的结构……

创作时间：2006 年 7 月 6 日
（2006 年 9 月 25 日修改）

冰冷的梦

心痛得厉害
像是我襁褓里的婴儿
快要哭倒房屋的哭声
让我吓得心惊胆破
不由自主，去抱住他一般

心痛得厉害
急忙捂着胸口
打开窗
呼吸新鲜空气
细想着心痛为哪般
原来是为毫无“意义”的一场梦

“我们蒙古的一只小鸟
迷路飞到沙漠里
流星的风暴布满天空时
好奇地迎去被击身亡时
失明很久却守着家园
在外打探动静的蒙古犬
独自汪汪叫着

轻轻咬着我的手凄凄地叫”
做了一个疯子才会做的梦
火塘熄灭的屋子，一样冷的梦
捂着胸口
打开窗
呼吸新鲜空气
“如此怪诞的梦之后
我这个破心脏
自然会旧病复发
为盲犬当作眼睛
刺痛是必然的吧”
独自望着黑暗
我心自在宽慰

创作时间：2005 年 1 月 24 日
（2005 年 7 月 1 日修改）

不是梦啊，而是真！

不是梦啊，而是真……
我的心里有火山在爆发！
那是——伴你的呼吸震动的“地震”
那里，你的模样像是贝壳一样清晰可见

不是梦啊，而是真……
太阳经常迷路落向山后
那是——因你的“引力”发生的“宇宙曲线”
那里，你的嘴唇与黎明之光相吻

不是梦啊，而是真……
我的预兆之风暴中有烛光袅袅
那是——你的微笑留下的“幻景”
那里，只有你的身影独自遮挡太阳“发着光”

不是梦啊，而是真……
所有地方的夜晚对我而言都比白昼还明亮
那是——你遗留的“奢望”而被梦到的彩虹
那里，你的眼神替代星星向我眨着眼
让我在尘世上活得极为富有

创作时间：2007 年 4 月 10—12 日
（2009 年 7 月 25—26 日修改）

隐忍……

像是没有生命一样隐忍！
像是被宰的狮子的眼睛一样隐忍！
像是在天上成为一个个点儿的仙鹤们的身影一样隐忍！
再是高兴到要在空中翻跟头
再是伤心到仿佛被关进棺材
像是佛寺大雄宝殿里的大藏经一样隐忍！
即便在我哭泣时
看似在梦魇的
用红红的手抱来太阳
就算跪倒在它脚下
看似依然在梦魇的
襁褓中的“婴儿”——人类
真想扇他一耳光
真想亲吻她一番
也要藏着不说
像是没有舌头
绝无声息地隐忍！
佛陀啊
即便对话语的空里

山丁子一样小的世界
也不欢喜也不言语
像是死亡一样
默默地隐忍！
绝无声息地隐忍！

创作时间：1997 年 3 月 11—13 日

失望……宽慰……

念（抛我而去的人）又何用？
不会起身（从她去爱的人怀里）回到我身边！
想（爱已尽的人）又何用？
不会离开（楼阁里的幸福）念我而来！……
山麓上开满了七彩斑斓的花朵！
（红的……粉的……白的……蓝的各色的花！）
神仙、佛陀、仙女诞生于花朵
古时候的书籍里常有这般胡诌
也许是真的吧！我是相信的……
期待着从这花朵的气息里
将有一个美丽的仙女诞生
笑颜如花，与我相爱
心生宽慰……

创作时间：不详

变　幻

效仿山峦的大美在于无言
从欧李汁儿一样的青涩少年
到白蒿头儿一样苍老的年岁
努力让自己开口少于闭口
现在，我无法再效仿山峦了
尘世，之前像是别人的妻子
那么无法接近的遥远，有时甚至
像是谜语一样隐蔽，然而又有时
像是在被窝里腿脚乱踢的婴儿
在脚下，什么都是显露在外的……有时
像是梦境一般奇妙，想要
时常梦见那般神奇
融进没有方向没有时间的空
驱赶着寻觅真而感到的厌烦
呜呼，寻觅的真被找到后
不再引起反对或好奇
像是喝了咸茶的口渴者
隐秘的，“狼性”的寻觅之火平息时
尘世在我心里已化为灰烬

现在我已不再效仿山峦
想一想自己闭嘴少于开口
不如入棺，厌烦不已……

创作时间：2005 年 1 月 18 日
（2005 年 6 月 29 日—7 月 1 日修改）

自我批评——自我颂

怜悯着脚下被踩秃的地
不由轻声说出“霍日嗨[1]……”

地像一个聋子
默不作声……
抑或是因为
“它的真，像太阳一般遥远！”
我没听清它的言语
“抑或是，我都没听懂它的话吧”
然而，我是，——
充满天真的世界之轮盘上
作为有形的生灵显现的
最最耳聋的人类之中
寻寻觅觅才能找到的
最最聪敏的那一个人啊……

创作时间：2002 年 3 月 5 日
（2002 年 7 月 10 日修改）

① 霍日嗨：蒙古语，疼惜的，可怜的，语气词。

我是虫子

我，是虫子
碰触到身体也不会蜷曲的
安然的虫子
知晓
虚空中形成的我们这个尘世
总是拼凑着
合二为一变得完整的
涅槃的虫子

我，是虫子
踩在我身上也不会行害的
隐忍的虫子
知晓
满是虚空的我们这个尘世
总是因仇恨与嫉妒而决裂的
诗人般的虫子

或远或近，距离只在两者之间
障碍重重即是远
尘世的家园中初获新生

之后
永远躲开了仇恨与嫉妒
绝缘于争夺空间的纷争
纵使有着被指摘的烦恼
永远不会恶眼相加
涅槃之海中沉浮的
名副其实的慈悲之人
——虫子

创作时间：2006 年 7 月 27 日
（2006 年 9 月 20 日修改）

致所有……换句话说……致全人类

一

我的可怜的地球，旋转着
勉强被轴心支撑着的地球
像是扶不起倒在枕头上的脑袋的
病人一样
筋疲力尽到令人心疼
呜呼，哀哉

曾高及我的蒙古袍下摆的
我的故乡的花儿
也不再向上疯长
而是越来越低
整日跟太阳下铺晒的奶酪一起
收受阳光的温暖的
我这个耿直的蒙古人
喜悦和涌出的泪水
都不再向外迸发
而是变得向内干涸
呜呼，哀哉！

二

我的地球，我的小可怜
像是被钉在枕头上的病人一样呻吟着
从灌木草丛飞来落在我窗口鸣叫的
小鸟和我惊心地察觉
地球她几乎要止停
绕着灯芯色的太阳的旋转
摆出拿一把的架势
小鸟和我坐卧不安
心急如焚，悲戚流泪
却无人倾听
呜呼，哀哉！

三

真是犯傻得过分了，人类！
听一听劝，头上的佛祖之言
听一听劝，身边的我的话
自芦苇泛青、花儿泛红的山野
自白莲盛开，豪杰诞生
盘坐其岸边的江河
给我和小鸟
给驼羔、马驹、羊羔
若是可以，给苍蝇、飞虫、土蜂、蜜蜂
若是可以，给蚂蚱、蝈蝈、青蛙、蝴蝶
若是可以，给蛆虫、蛇、蜥蜴、鼠兔
若是可以，给松鼠、豹子、猞猁、盘羊

若是可以，给狐狸、狼、黄羊、旱獭、豆鼠
若是可以，给狍子、鹿、岩羊、母驼鹿
若是可以，给孔雀、野鸡、鹦鹉、啄木鸟、布谷鸟
若是可以，给黄鸭、天鹅、鸭、鸿雁
若是可以，给鹰、海青、鹫、雕、鸢、鸦
若是可以，给鲸鱼、鳄鱼、大鱼、小鱼
若是可以，给它们……它们……给所有的它们
将一片巴掌大的完整的土地
将一口干净的水
以其最初形成的样子留给它们吧
呜呼，哀哉！

四

哎呀，要飞奔向何方
看一看身后留下的足迹吧
切勿被“直立的傀儡”牵引
小鸟和我即将幻化为弥勒
安宁的，以安宁的模样
凶煞的，以凶煞的模样
以诸相变幻而来
带来无数个保佑的种子
种满这个世界！
请你们等一等！
为了从灌木草丛中飞来
落在我窗前的
小鸟的鸣叫和我的话
若是可以，仅是一回也好

请开开门吧！
祈求你们三回
变成乞丐来祈求
变成奴隶来祈求
变成守门的小狗来祈求
“请别再傻了！”

创作时间：2010 年 1 月 6 日
（2010 年 11 月 1 日修改、2011 年 1 月 22—23 日修改）

长路之思

一

在天上的风中
像是地上的树一样摇曳着
隐忍……
生根……
用它的叶子遮蔽着山……
生长于整个冬天……

二

被天上的太阳
像是地上的树一样被暴晒着
隐忍……
根生八方……
将叶子抖落一空……
每个春天
温暖着大山而绿……

三

在尘世的真之无情中
像是地上的岩石一样消损着
隐忍……
让鸟儿生下了蛋
同暴风雪和巨雷拥抱
留下来

四

人生漫漫长路上
像是“生灵的母亲”一样苦难中奋斗……
狮子一样咆哮
绵羊一样忍受
绝不跪下

五

因果与轮回的巨轮下
像是不被死神缠绕一样欢喜
隐忍……
不恨……
歌唱到远方都可听见

六

在无限的光阴里
像是本质一样不变不损
像是在生长一般向天而去
输……
赢……
像是路一样继续
像是路一样开始

创作时间：2010 年 8 月 7 日
（2010 年 11 月 8 日修改、2011 年 2 月 3 日修改）

香　皂

日常用的香皂
转动在我的掌心
洗涤着我害大过养的大手
消损
像是地球转动着消损一般
将我的双颊
像是可爱的姑娘们的双唇
抚慰着我假多于真的大脸庞
日渐消损
像是太阳燃烧着
消损
我的香皂啊
像是水流和泉水在涸之殆尽
像是山峦和森林在伐至殆尽
像是鹿、旱獭和豆鼠被枪杀殆尽
像是古老的历史智慧削弱殆尽
请带着你的芳香和清洁的神能
离开我的现实和住所吧
让我们看清自己原本的样子
让我们知道自己

不想有却“无法洗去”的真实
揭去自娘胎出生到死去都会被其欺骗的
魔法与欲望的“美”
接受自己泪水的洗涤吧
然后……惊叹自己的样子
而后……想一想应该怎样
去创造新的“佛”吧

创作时间：2009年2月2日
（2010年10月29日修改、2011年2月9日修改）

得不到的永恒

对岁数已尽的病人药已无用
背叛
在福祉已尽的瞬间佛也无用
背叛

在最终的世道中
兴许
一点洞
兴许
一点土
兴许
一点沙
兴许
一点水
兴许
一点……泪
兴许
一点……安慰
然后
一点“x”“y”“z”

然后
伟大的美的黑暗
伟大的美的寂静
伟大的美的无常
需要比生活多很多倍

它们不会背叛

创作时间：2007 年 1 月 15 日
（2010 年 10 月 12 日修改、2011 年 2 月 22 日修改）

光阴中的“未知者”

雪的碎屑在飞梭……
光阴崩裂了……
唯独寂静……
只有青草的根听得见……

穗子们在“哭泣”……
光阴“崩溃”……
唯独寂静……
只有潜入草丛的鼠兔听得见……
光阴已覆灭……
只有可怖的回声在流淌……
唯独寂静……
任凭是谁，什么也听不见……

创作时间：2007 年 3 月 1 日
（2011 年 2 月 22—24 日修改）

山中雨苍茫……

山中雨苍茫……
昨夜在梦里打架的两只秃鼻乌鸦
变成一对恩爱的黄鸭
鸣叫声帖耳而过……

房间里舒曼的《忧伤》在回旋……
显而易见生活中没有“曾经的事物”
光阴像是无腿的人……抑或
像是一个初学行走的孩子

山中雨苍茫……
房间里舒曼的《忧伤》在回旋……
昨夜在梦里打架的两只秃鼻乌鸦
变成一对恩爱的黄鸭

飞梭声帖耳……
鸟声远远近近……
仿佛在用蒙古语诉说……

“生活中没有曾经的事物！”
我相信！
房间里舒曼的《忧伤》在回旋！……

创作时间：2010 年 3 月 14 日
（2011 年 2 月 22—24 日修改）

（阿茹罕作品）

相　片

我用暖暖的手心
抚摸你
望着别人微笑的相片
久久地望着
抚摸
在回忆和梦境
一丝幻觉中
你的目光转向我
久久地望着我
望着我
在冲别人微笑

创作时间：1978年
（1981年修改、1991年修改）

“无之河流”

一

遗忘所有的尘世间
什么跟什么都一样！
人是云朵！
泪是尘土！

二

什么都跟什么一样的尘世间
什么都会被什么给替代
云朵，被人替代！
尘土，被泪替代！

三

什么都被什么替代的尘世间
即便什么存在也等于不存在！
即便人在，即便云朵在！
即便泪在，即便尘土在！

四

什么也没有的尘世间
不想念任何人
云朵在迁徙……
不想念任何的尘世间
不知为何在哭泣……

五

云朵，是“人”的
泪，雨在滴落
仿佛“白色河流”在流淌
仿佛白色的血在流散！

六

不想念任何的尘世间
即便有什么也会被遗忘……
像是云朵飘散
像是尘土消弭！

七

人是“云朵”的
“白色河流”，是“无之河流”
白色的“血”
“无之血”

也会被遗忘!

八

被遗忘!……像是尘土扬起!
干涸……像是雨在哗哗地下!
什么都被遗忘的尘世间
什么都不存在,仿佛是真的!

九

尘土,是泪水的痕迹
像是干涸的水泊之底
干干的
像是人
——云朵从未哭泣!

十

什么都会被遗忘而不想念任何什么
什么都跟什么一样
而什么都不在的尘世间
仿佛从来都不会哭泣!

创作时间:1996 年 8 月 5 日
(1997 年 7 月 2 日修改、2002 年 9 月 23 日修改)

生活……

生活
不相信宇宙是辽阔的
便已开始
然后
想从一头走到另一头
兴奋地走着
半路就会气馁
生活
不说“我爱你”
默默地擦肩而过
然后
一旦望不到她的身影
就想为她去死

生活
满足于邂逅
……幸运……瞬间的幸福
然后
风……影
……留恋的真实的梦一样

月亮离去时忍着不哭

生活
现实与尘世的无常
面对真，会毫不迟疑地结束
然后
至死还留恋着
不相信“正在死去”
活着，留下来！

创作时间：2008 年 10 月 12 日
（2010 年 5 月 8 日修改）

自哪里?!

人生，自“无终结”
死亡，自“无离别”
喜悦，自“无知足”
忧愁，自“无穷尽”
来，自“不动”
去，自“不停”

然而
你，自“不接近”
我，自“不远离”
我们，自“不相见”……

创作时间：2007年1月21日
（2010年10月9日修改）

湿漉漉的夜晚……湿漉漉的夜晚……

湿漉漉的夜晚……湿漉漉的夜晚……
湿漉漉的山落下湿漉漉的影子
湿漉漉的风吹弯了湿漉漉的草
湿漉漉的一只鸟展开湿漉漉的翅膀向我飞来
去年亦是……前年亦是……亿万万年前亦是
世界仿佛从未有过烘干的夜晚一样阴沉着打湿了心灵
湿漉漉的夜晚……湿漉漉的夜晚……
湿漉漉的云朵中湿漉漉的月亮在哭泣
湿漉漉的黑暗中湿漉漉的树木在哭泣
湿漉漉的一条狗摇着湿漉漉的尾巴望着我
去年亦是……前年亦是……别说它了，亿万万年前亦是
从未有过烘干的夜晚的湿漉漉的世界初初形成
仿佛是人的眼泪汇聚一样哭泣着再次打湿了心

创作时间：2008 年 9 月 4 日
（2010 年 10 月 29 日修改）

所有的东西

所有的东西，看起来
都像是佛陀在望着我
所有的东西，听起来
像是挚爱的逝者
……青草
……沙子
……自小骑的马驹
热热的呼吸和脉动
所有的东西，看起来
像是畏惧人的水流向大地的深处在躲藏！
所有的东西，看起来
像是畏惧人的果树颤抖得根都快被拔出！
所有的东西，看起来
像是畏惧人的人的眼找不见天空在惊恐！
所有的东西，看起来
像是畏惧人类的“太阳的赤道”
像是逃逸向星辰的背后！

创作时间：2010 年 8 月 6 日
（2010 年 11 月 5 日修改）

与其歌唱不如哭泣的时代……

与其歌唱不如哭泣的时代
与其默默享受不如去自杀的时代
诸佛和神灵听不到，万般无望
妖魔鬼怪自由横行的时代
把笔当作哈达的诗人达·乌日央海
话语已尽、没了办法、只好呼唤诸佛
别说是人，连禽兽和蛆虫
都被诛杀的战争灾害
杀伤力可怖的
人性缺失的灾难
成为无法医治的新癌症
正在敲门！人类啊
请从自己的手里拯救自己吧！
上苍以及诸佛啊
请从人类的手里拯救自己的上乘杰作
——拯救我们的地球吧！

创作时间：1992 年 8 月 18 日
（2002 年 8 月 18 日修改、2002 年 11 月 6 日修改）

火焰般的叶子

火焰般的
唯一的红叶

秋风中断落
向天空飞去

我顺坡而下时
与它擦肩而过

创作时间：1979 年（1980 年修改）

空气一样“无价”……
岁月一样“无多余”……
可能，常常缺失的……

再是渴望，人性之恶不减
再是驱赶，罪孽之容不变
在我的，在我们的尘世中
霍日晦，空气一样“无价”
……岁月一样稀缺
……可能，常常缺失的
“无价”的……不减的
……可能，常常被怀念的
我的爱
像是深深的水面上旋转的清晨的红日一般
孤独地微笑着……微笑着向高空“远去”

再是期盼，人性之善不增
再是拼命，福报之因不足
在我的，在我们的世界上
霍日晦，像是岁月一样稀缺
……可能，经常缺失的
……空气一样“无价”的

富余……无尽……可能
……常常洋溢的
我的爱
像是深深的水面上微笑的傍晚落红一般
孤独地旋转着……旋转着从高空“临近”

创作时间：1997 年 4 月 15 日（2000 年 7 月 7 日修改、2007 年 1 月 9 日修改、2011 年 2 月 2 日修改）

无　题

莫名其妙地感激
没有干涸而留存的小溪
无限感激
新萌生的勇敢的嫩芽

生活中目前没有
其他可感激的事物！
哦，不对，还有一样
差点忘了

还要感激死去的那些人！

创作时间：2006 年 9 月 15—16 日

雨

漆黑
失眠
哗哗地，雨在下……
屋顶上
密密麻麻的雨点
仿佛看到这样的画面
某个地方的一棵树上
乌鸦收起湿漉漉的翅膀
像是什么人一样
晒着孤独
我闭上眼睛
数雨滴
“一……二……三……十……
一百……二百……三百……
一千……两千……”
哗哗地，雨在下……
天色未亮
我睁开眼睛
数雨滴
“一百万……两百万……三百万……”

“就是死了也要继续
数雨滴是我的工作！”
心里如是想着……
哗哗地，雨在下……
“一千万……两千万……三千万……”
漆黑一片

创作时间：2006 年 7 月 29 日

“金色”的乌鸦

郁葱的老榆树
茂密、青翠的枝叶间
看到闪着羽翼的光
“金色”的乌鸦
大声地叫着
清晨的太阳光芒斜照
从它的背后正在升起……

创作时间：2009 年 4 月 16 日
（2009 年 4 月 29 日修改、2010 年 10 月 24 日修改）

光阴的今日与明朝

光阴
今日剁碎了我
像是青草的根
反复剪切大地
剪切
像是星辰的光
反复切碎天空
切碎
每天将我剁成一块一块

光阴
明朝将我剁碎
像是青草的根
啃噬大地一样
啃噬
像是星辰的光
密纳天空一样
密纳
每天将我的碎片穿连，连成一片

因为自己昨天剁碎的行径
像是要将自己永远地融化
每天……
每天……

梦着我的名字备受折磨
畏惧着太阳升起的
每一个明天的清晨
为了再一次造就我
从岁月的彼岸
向我流淌……

光阴
被光阴所局限

创作时间：2005 年 8 月 11 日
(2006 年 11 月 9—20 日修改)

回首……

回首一看
全部在身后
像是问号的头部
半圆
像是山上的太阳
全圆

点……点……点
……然后又像是句子
接续……并行
……像是马蹄
一圈路
在无空间的空间里拥挤的
自由之延续

话语
没有记忆温暖的讯息
交汇
否定
最重要的是
未来在身后

之前
除了开始什么都没有

还未开始的回忆
牵绊还未终结的梦之开始
雪白的
像是空之影子
像是我的名字
像是光的消息

不在的，不被肯定的
尘埃的旋涡
完结的……未完结的片段之延续

在相互眨眼
回首一看
全部在眼前

而后
半圆……全圆……
点……点……点
……然后是句子
没有否定的重复
抑或
最终否定之最初的
否定
像是我的名字

创作时间：2002 年 8 月 22 日（2002 年 9 月 15 日修改）

像是鸽子在飞……

像是鸽子在飞
声音若有若无
你仅说过的珍贵的几句话
像是草原的怀抱里落下春雪
在我心里融化……

因为是你说的
那轻轻的……珍贵的话语
像是天的话语，又似是人的话语
然而，像是说过了，又似没有说过
像是在草原的怀抱里有春雪飘荡
像是鸽子在向太阳转身
就是你的那几句话激发我的兴致
激励我跪在低处的心，飞向峰巅
像是有旱灾有雪灾的人类一样
浩瀚无计的词汇中
一个也找不到
……真就一个也没有找到

创作时间：2002 年 6 月 30 日
（2002 年 9 月 16 日修改、2002 年 9 月 26—27 日修改）

我梦见过你

像是湖水的波澜拥抱黄鸭
你拥抱着我
用热叶般的手心
轻轻抚摸了我的脸！

我梦见过你
常常梦见你！

像是夏日的彩虹拥抱山峦
你拥抱着我
美如花朵般的身子
依偎在我的怀里……

我梦见过你
常常梦见你！

像是皓月当空时泉水清澈
你用小兔易惊慌的眼睛望着我
用月牙般的嘴唇在我的耳畔
轻轻说了一声“我想你”！

我梦见过你
常常梦见你！

创作时间：2003 年 7 月 2 日

（阿茹罕作品）

只在梦里见过你美丽的模样……

只在梦里见过你美丽的模样
将慰藉思念，连同空空的幸福
当作尘世间唯一的宝贝来惜爱

你不知道，我多少年在心里疼爱着你

不听话的孩子留存着儿时的毛病
喜欢而伤感，伴随不堪的命运
我已成为别人的夫君，你已成为别人的妻子

我还是不想赶走这忘不掉的梦的天真

创作时间：1960 年

断落的叶子是“死亡”的叶子

断落的叶子是“死亡”的叶子
原野的旋风中飞旋——天空的怀里点亮
像是飞禽的灵魂在说——肉身在大地
因我的积善之行——获得了飞翔天宇的福分
像是在给我指路……——又似在与我融为一体……

创作时间：1999 年 10 月 1 日
（2002 年 10 月 1 日修改）

问……

问，问题的动力
向内是旋钮
向外是反抗
空间之弯道
树木的年轮
花纹里的尘埃
最“直”的疑惑
使之停止的运动

问，问题的零件
向外是旋钮
向内是抗议
“空间—时间”之弯曲
核之环
斗转星移
最“强”的无声
唤醒它的寂静

创作时间：1998 年 7 月 9 日（1998 年 8 月 20 日修改、
2002 年 10 月 7—8 日修改、2017 年修改）

太阳被遮挡的瞬间

乌鸦在飞旋……
太阳的部落展开翅膀
翅膀遮挡了太阳
闪耀得比金子还亮

哎呀！太阳被遮挡的奇妙的瞬间……

创作时间：不详

念，或“幻听”

忽然，仿佛听到了熟悉的声音
……仿佛一惊
草原上没有人影
无论望向哪里
只有针茅在摇曳
……所谓的“念”啊……

创作时间：不详

毫无知觉中“临近者”

昨日，在远方的山后像云一样隐匿
今日，像是烘烤我手心的阿日嘎力[1]的煴火
在堂屋里冉冉——
原来是所谓的死亡啊……

创作时间：1991 年 3 月 2 日
（2000 年 6 月 18 日修改）

① 阿日嘎力：蒙古语，牛粪。

我不会对你说假话……

热……像是幻景一样的热
一旦见到，就是让人忘怀诸佛那般的热
格外神采奕奕……格外淡定悠然……
那是火热的——你的眼神
我愿意用你的眼神
给我作为诗人的人生
画上最后的句号
我是不会对你说假话的！

温暖……像是母驼的哞叫一样温情
瞬间让人忘掉诸佛那般的暖
小讨厌小可爱……小讨厌小亲爱……
世界都会珍惜的暖——你的声音
有了你的声音
天堂里我一直在缺席
我不会对你说假话！
永远不说……

创作时间：2003 年 6 月 29 日

那么假……那么真……

山脉那么纵横苍茫
那么的假
话语那么让人心寒
那么的热

天空那么深邃幽蓝
那么的空
大海那么深不见底
那么的满

创作时间：2008 年 9 月 22 日

你……

你——
飞逝而过的列车之轮
你——
正在回归的鹤之飞翔
你——
将我被撕裂的悲戚的目光
随意拼接得血红的
缝纫之痛！

你——
虽然在我心里
却不在我身旁！
你——
虽然不在我身旁
却不觉得遥远！
你——
滴落的雨之呼吸！
你——
隐忍已久的恸哭之回响！
说不准，你是

昨夜碰碎的星辰之光
说不准，你是
明日碰撞升起的太阳！……

我寻找着你却又躲避着你！
我向你走来却又逃避你而去！

创作时间：2007 年 4 月 27 日
（2009 年 4 月 14 日修改）

从掌心飞走的喜鹊抑或特尔勒吉[1]的日子

青青的青青的叶子啊！
你们好吗？
去年的喜鹊……
你可知道
夜宿你树枝上的鸟儿
秋日的哭泣？
我们是一块儿哭泣的
青青的……青青的叶子啊！……

直直的直直的叶子啊！
你们好吗？
朱砂般的回忆之泪水——
在你的树枝过冬的泪水——
你可知道是它们带来了春天？
我是独自哭泣的
直直的……直直的叶子啊！……

---

① 特尔勒吉：地名，蒙古国著名景区。

可怜的可怜的叶子啊!
你们好吗?
去年夏天的喜鹊
在你的枝头叽叽喳喳的喜鹊
你可知道它们如今去了哪里?
我一直在找寻它们
可怜的，可怜的叶子啊!

创作时间：2001 年 5 月 21 日
（2016 年 4 月修改）

滚烫的忧伤之光里

雨水和尘土相吻热恋
思绪的天际遗忘的话语冉冉
心灵的丛林里孤独的雾霭
悄悄地缠绕着，泪眼蒙眬的
寒风之夜，岁月面前
在黄昏时分，在冰冷的房间
像是山洞一样空寂的心怀里
你可爱的面容忽然闪现
我在滚烫的忧伤之光里
说着“亲爱的，你不在……”

捂着胸口，咽下泪水
相比梦的真实，模糊的记忆更真
亲爱的，现在跟谁说好呢
馈赠与鬼的，只剩下这舌头

创作时间：2004 年 5 月 5 日
（2008 年 10 月 17 日修改、2009 年 7 月 21 日修改）

孤独的仙鹤—— I

一

孤独的仙鹤闪着翅膀
不是在飞
像是在召唤
携着大地飞上天空的
伴侣

二

孤独的仙鹤在飞
不是在远去
不向那边，也不向这边
仿佛定格在天穹

三

孤独的仙鹤飞走
不是在远离
像是在找寻

拥抱天域，飞落大地的
伴侣

四

孤独的仙鹤远去
不是在闪着翅膀，不是在飞
像是忘了翅膀在空中永存

孤独的仙鹤——Ⅱ

一

孤独的仙鹤绝尘而去
像是飞上了天
也像是钻入了胸膛

二

孤独的仙鹤空中消隐
像是仙鹤
也像是我

三

孤独的仙鹤在天空
看起来硕大无比
像是飞禽，也像是人

四

孤独的仙鹤空中哭泣
地上我也在哭泣
我俩一模一样，都是孤独的自己

创作时间：2009 年 1 月 6 日
（2010 年 5 月 8 日修改、2011 年 3 月 2 日修改）

译后记：听从内心的召唤

四年前，开始与内蒙古人民出版社合作，着手翻译《蒙古国文学经典·诗歌卷》，我初步接触达·乌日央海的诗歌。对他的《树木》《永恒之因》《一生死过多回……》《醒》等等诗歌，真是喜欢，发自心底的喜欢。那时，我就打定主意，在将来的五年计划中，一定要翻译一部他的诗集出来。这些，是心灵的召唤，与他此后获得“亚洲文学奖”无关，也与此后提名诺贝尔文学奖无关。在我从事文学翻译将近二十年的经历里面，翻译一部作品的原动力，源自作品的力量，这种力量深深打动我，影响着我。我必须听从内心的召唤，将其翻译出来，当作自己的使命，义无反顾，去完成它。

2017年9月，达·乌日央海先生到访内蒙古。我在北京无法前往，电话做过沟通，简短表达想翻译他诗歌的意愿，他欣然同意。当晚我弟弟阿古拉与他见面，帮我拿到了授权书。他们交流得好，氛围尤其愉快。在这里，有必要再说一说我的弟弟阿古拉。如果说，我为蒙古国诗歌的翻译与传播做了一点微不足道的工作，那么，这与他的支持和帮助是分不开的。

早在《巴·拉哈巴苏荣诗选》后记里，我也谈到过，当初在我还没准备着手此项工作时，时在乌兰巴托工作的弟弟阿古拉，给了我很好的建议和提醒，为我联系上素昧平生的蒙古国大诗人巴·拉哈巴苏荣先生，也顺利收到翻译授权书，之后，《巴·拉哈巴苏荣诗选》于2008年12月由民族出版社出版发行。2010年春天，计划翻译罗·乌力吉特古斯的诗歌，却没有渠道联络到诗人，弟弟阿古拉多方打听，找到了诗人夫妇，并与她们见面，说明了我的情况和意愿，感动了她们。后来，我与罗·乌力吉特古斯夫妇相识，成为好朋友，他们说："不认识你的时候，是你弟弟的真诚、对你事业的认可与支持的手足之情感动了我们。"弟弟阿古拉不在文学圈，但他热爱蒙古文化，更重要的是，他深深理解我将文学翻译视作毕生的事业、理想和追求的这一片情怀。

这次，还是弟弟阿古拉的联系，让达·乌日央海先生对我有了较为具体的了解，把他的信任和期待交给了我。这一本书，按理是 2018 年就该将译稿交付出版社的。但事有凑巧，2017 年 7 月，我调换新的工作岗位，负责数次国家重大翻译任务，一年里面，有半年的时间，在外处于全封闭或半封闭的环境，全天候专注于本职工作，无半点时间能够留给诗歌翻译。直到 2018 年深秋，工作回归正常轨道，理顺了诸多事务性工作，才开始着手本书的选稿与翻译。

达·乌日央海先生，在蒙古国文坛上，是一个绝对的重量级人物。就诗歌创作而言，始自 1968 年，创作了 1000 多首诗歌，另有长篇小说、中短篇小说及戏剧、散文随笔等作品 27 部，其创作几乎涵盖了所有文学样式。今年 3 月，蒙古国著名作家、评论家、翻译家贡·阿尤日扎纳先生在呼和浩特市做世界诗歌日主题讲座，介绍蒙古国诗歌发展历程时说："在蒙古国，达·乌日央海是抛开民间传统写作手法，走智性写作路线的第一人。"

他的诗歌数量大、面广，阅读和筛选，成了第一道关。授权后不久，达·乌日央海研究院的负责人阿润其木格女士给我发来于 2018 年出版的达·乌日央海十卷本的诗歌卷电子版。虽说平时能顺利阅读西里尔文蒙古文，但我更习惯看着传统的回鹘式蒙古文进行翻译，一直都习惯先转写，再翻译。这样一来，时间上就更为仓促。幸好后来，青年学者木其尔女士帮我转写了选定的部分作品，省了不少周折和麻烦。在此，深表谢意。

20 世纪 90 年代，蒙古国诗坛在崇尚智性的象征主义、冥想主义、现代主义、后现代主义、跨性别反对主义等哲学新流派新思想浪潮下，进入了新的诗歌转型期。达·乌日央海的诗，也在这样的场境里，开始了新的突破和跟进，一改蒙古语传统诗歌表达模式，以独具一格的思路与考量、自成一派的表达样式，成就了自我辨识强烈的创作风格，在蒙古国诗坛，可谓独树一帜，并影响了一群优秀诗人的健康成长。

达·乌日央海的诗歌，多与其冥想的、禅境的创作思路有关。看似简单，翻译难点却比比皆是。那些看似随意的语句排列，翻译时，却乱了方寸，那些看似平常的表述，却蕴涵着更深层的意味。没有一定的文化和思想准备，用另一种语言文字再现诗作的原貌，几无可能。

前不久，跟贡·阿尤日扎纳先生探讨达·乌日央海的诗歌。他是蒙古语和俄罗斯语的翻译家，双向翻译过大量的文学作品。我问他，如果用俄罗斯语翻译达·乌日央海的诗，您觉得难度如何？他笑了笑说，我倒是在想，你是怎么做到的。看似答非所问，却也道出了翻译其诗之难。

当年翻译罗·乌力吉特古斯的诗歌时，曾译过她写给达·乌日央海的诗《用乌日央海兄之笔在黄山山顶写下的诗篇》："……黄山的猴子在望着天/而我却叫住/自苍天向大地俯冲的雄鹰/求得它的一根红色羽毛/在写诗……"而在达·乌日央海的诗歌里，也有分别写给他们夫妇二人的诗，由见他们平时关系甚好，是相互欣赏的知己。

贡·阿尤日扎纳讲了一些关于达·乌日央海细枝末节的故事。基本与我从文字和通话交流中感知的形象是一致的：待人和善、豁达朴实、大智若愚、大巧若拙……虽然还未谋面，我对这位诗人的人格魅力，不由肃然起敬。

不止如此。

写到这里，我忽然再一次问自己，为何对翻译如此痴迷？以前，答案也许是因为真心热爱文学、热爱翻译，想以自己热爱的方式，为不同的文明之间搭建桥梁，来实现自己的人生价值等。现在，似乎又多了一个意义。那就是，我选择一部小说一首诗歌来翻译，都是听从自己内心的召唤，是这些作品，给了我心灵所需的滋养，在反复的深度阅读与翻译过程中，我与那些文字血脉相通，心心相印，来自那些文字的阳光雨露和清风，让我的心不断得以锻造，得以洗礼，来自那些作品的精神和思想的光芒，也时刻照亮我，引领我，让我的内养不断升华，心力不断深厚。

所以我甘心情愿，所以我无怨无悔。

人们说最好的爱情是对的时间遇到对的人，我说翻译亦然如是。我已年近天命之年，对人生，对世界，对万物的思考，也当渐入禅境与思索模式。如果我不是到了这样一个年纪，之前并无一些文化知识的储备和积淀，此时也许无法理解、领会，并翻译好达·乌日央海诗歌之种种。我庆幸，我在合适的年纪遇见了合适的诗歌。

再一次感谢内蒙古人民出版社高瞻远瞩地策划蒙古国文学翻译项目，继续搭建这个平台，让我的梦想无后顾之忧。感谢诗人、翻译家汪剑钊先生对我的鼓励与帮助，并为此书拨冗作序。说起作序，趁此机会，还想感谢为我此前的译著、专著作序以支持的林莽先生、宝音贺希格先生、兴安先生、兰智奇先生。感谢此书的编辑于汇洋女士一如既往、专业有素的工作。同时，感谢我的女儿——大学二年级的阿茹罕同学为此书提供了插图，让这本诗集变得更加意义丰富。最后，也感谢在我从事蒙古国诗歌翻译以来的路上，予以支持和帮助的朋友以及亲人们，谢谢。

2019 年 4 月 15 日凌晨

于北京海淀